Cada vespre, mentre el pare banyava la Júlia, la mare preparava el sopar.
Havent sopat, i abans que la son l'ajagués al sofà, el pare rentava els plats.

Mentrestant, la mare duia la nena al llit.
S'estava al seu costat fins que
la Júlia s'havia ben adormit.
Aleshores sortia de l'habitació
sense fer soroll.

Aquella nit, però, la Júlia estava molt estranya. Així que la mare feia unes passes per anar-se'n, la nena es despertava sobresaltada.

–Apa, nena, dorm –li deia la mare, tranquil·litzant-la.

La Júlia mirava de fer-li cas: aclucava els ulls, respirava profundament i es quedava ben quieta.

Però quan s'adonava que la deixaven tota sola, obria els ulls i cridava:

–Mare!

I vet aquí que aleshores va arribar l'oncle Xesc.
–I doncs, què passa? –va preguntar.
–La Júlia, que avui no es pot adormir –li van explicar els pares de la nena.
–Si no us fa res, li faré una mica de companyia –va proposar l'oncle Xesc. I va entrar al dormitori.

Va trobar la nena asseguda al llit, amb els ulls molt oberts, i cara de por.
–Digues, nena: què et passa? –li va demanar l'oncle Xesc, en veu baixa, com si parlessin en secret.

Animada amb aquestes paraules,
la nena li va explicar el que li passava.
–Quan tanco els ulls, es presenta una por molt lletja –va dir.
L'oncle Xesc va fer que sí amb el cap, perquè es veiés ben clar que entenia la gravetat del problema.
I al cap de poc li va preguntar:
–És molt gran, aquesta por?
–Sí –va respondre la nena.
–Tan gran com jo? –va voler saber l'oncle Xesc.
–No, tant no.
–Aleshores, em sembla que me'n sortiré –va fer l'home. I hi va afegir: –Quan surti, m'avises.

I sense dir res, es va amagar darrere la porta. La Júlia va aclucar els ulls, va respirar profundament i es va quedar ben quieta.

Al cap d'uns quants minuts, apuntant amb el dit, la nena va fer el senyal: la por, que transitava pel dormitori.

L'oncle Xesc va sortir ràpidament de l'amagatall. Caminava de puntetes, per semblar més alt, i amb els braços estirats, per semblar més gros.

–Ja et tinc! –va exclamar.

Però no la va poder atrapar i la por es va escapar. Ara; es va espantar tant que, amb tota seguretat, no tindria mai més la idea d'acostar-se per allí.

A
C 3
2 6 B

–Ha sortit com un coet! –va dir, descansada i rient, la Júlia.

–I tant, que sí! Saps què passa? Que la por, en el fons de tot, té més por que ningú. Ara ja pots dormir tranquil·la –li va dir l'oncle Xesc.

–Gràcies, oncle Xesc! –va dir la nena. I li va fer un petó.

Va aclucar els ulls, va respirar profundament i es va quedar ben quieta. I no li va costar gens de quedar ben adormida.

Se la veia tan feliç i confiada que ni la més lletja de totes les pors gosaria acostar-se al seu llit.